KB236493

두근거릴 悸

金始洋 詩集

두근거릴 悸

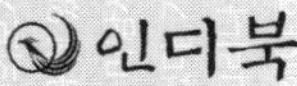

인디북

■ 차 례

제1부 운주사에서

제2부 새벽

제3부 바다일기

제1부 운주사에서

제1부 운주사에서

운주사에서 1

– 칠성바위

그대에게 가는 길이 멀 때 눈 들어 비는 마음, 하늘의 일곱 별빛만 닳도록 바라보았네. 간절한 원願이며 망望, 가득 담아 닳도록 바라봐도 흐려지지 않는 별빛처럼 그득한 이 가슴의 사랑 날마다 퍼주고 싶었네. 퍼주고 싶었네.

우리는 하루하루 흔들리는 못난이 들풀. 그래도 지천에 흐드러지게 피었다지노라. 더 이쁘게 피어나는 꿈을 꾸는 밤이면 저 하늘의 일곱 별, 국자 되어 떠올라 가슴과 가슴을 내밀어 퍼주고 싶은 사랑. 멀대처럼 쑤욱쑤욱 자라 하늘에 닿아도 말없이 흐르는 별빛에 그만 지쳐버리는, 아 우리는 땅의 사람들. 하늘의 국자로는 퍼줄 수 없는 사랑이여.

부대끼는 억새보다 더 자지러지게 흔들리는 날, 그대의 훈훈한 입김만을 그리며 일곱 별 중 가장 작은 별, 바

위 구석에 쪼그려 혼자 앉아 있었을 땐, 이 바위들이 그
대에게 퍼줄 국자라는 것을 몰랐어. 몰랐었어. 더 걸어
시야가 좀더 넓어질 때서야 가슴을 짓누르는 뜨겁고도
무거운 사랑을 나르는 도구로 각인되고

　내 작은 힘을 싣고 실어도, 홀로 들 수 없어 워이 워
이 소리내어 그맬 부르고 싶었다.

　투박하고 정겨운 얼굴의 할아버지, 할머니들이 땀으
로 몸을 씻어 다듬었던 돌들이 국자가 되어, 퍼줄 수 없
는 하늘의 국자 대신 여기에 놓여 있네. 들어라. 이 사랑
을. 무거운 돌덩이 국자를, 혼자서 들 수 없는 이 사랑
을, 모두 모여, 들어라. 힘 모아 들어 쏟아부어라. 그립
고 아쉬운 가슴들에게로

　사랑은 먼 별같이 소리 없이 빛나며, 밤을 건너 새벽
에 닿지 못하지. 바라만 봐선 스스로 타오르며 솟아오

르지도 못해. 그리고, 그리고 가까이서는 무겁게 놓인 일곱 개의 바위로만 남는 우직한 믿음뿐이지. 그대여, 그대에게 간다. 땀에 절인 옷을 맡기려

운주사에서 2

– 광장암

바위는 두부가 아닙니다.
육중한 탑을 무른 두부 위에 세울 수 없습니다.

그러나, 커단 바위 위에 칠 층의 석탑이 반듯하게 세
워져 있었습니다.
커다란 광장암 바위를
두부를 사알짝 도려내듯
평평하게 도려내어 그 위에 탑을 앉혔네요.
기울어지지 않도록 수평을 맞추고 층층 쌓아둔 탑.

날이 저물어도 이 가슴 평평하게 밟고 있었네.
슬픔이 피어날 때마다 슬픔을
알맞게 저며
기쁨을 쌓고 싶어

운주사에서 3

– 와불

베개를 높이지 않으면 잠들지 못하는 날이 있었어.
코를 드르렁거리며 수면의 늪을 건너면 개운한 삭신,
활기가 넘쳤지. 근데 말야 진짜, 진짜 피곤한 날은 말야.
발 끝에 베갤 받쳐봐. 곤한 잠 뒤에 가뿐한 발걸음을 느
낄 거야.

산등성이에 머리를 아래쪽으로 두고 누운 부처님이
계셔 여쭤보고 싶더라. 중생들의 피곤한 청원에 쭉 뻗
은 발끝을 높여, 왕성한 피돌기를 바라실까? 무식한, 진
짜로 무식한 석공들이 원래 바위 형태대로, 제 편한 대
로 좁은 부분이 얼굴이 되고 넓고 평평한 곳이 배^{腹}가
되게 정을 쪼았을까? 아니면 세월이 흐르다보니, 머리
부분의 지반이 먼저 침하되었을까? 것도 아니시면 일
어서는 그 순간, 그 찰나 세상이 바로 됨을 예정하셨을
까?

슈베르트의 미완성 교향곡을 듣노라면 맺어지지 못
하는 거기까지만으로 족한 것. 누워 세월과 비바람에도

흐뭇하고 넉넉한 가슴으로 미소지으며 내 스스로 일어
서리니, 스스로 일어서리니

　너도 그럴 거지? 서 있는 너는 더 꿋꿋하게 스스로
서 있을 거지?

풍경이 있는 풍경

– 보림사

겨울의 끝자락에 선 나목들이 하늘로만 몸을 꼬아도
몸부림으로만 그치지 않는 바람은
빗방울이었다가 눈송이가 되는, 찢기는 하늘을 옮
기고

아파도 묵묵하게, 겨울을 흐르는 저 탐진강처럼
가만히 흐르고 싶었어. 그대에게

대웅전 처마 밑의 풍경風磬이 되어
맑은 소리로, 그대를 뒤흔들면
사박사박

아직 녹잖은 겨울이 밟힌다.

풍경이 있는 풍경

– 백양사

얇게 얼음이 깔린 절 밑 여울

그 아래로 물이 흐르는 오후

탐스런 옥수수

알맹이 한 알

입에 넣고

서옹 스님 사리

마음에 새길 때

때애앵땡

소리 있어 고갤 돌리니

가만히 가슴을 적시며, 우는 작디작은 너

라면을 먹으며

라면을 먹는다. 꼬부라진 면발을 쓰린 뱃속으로 밀어 넣는다. 안녕, 불면의 밤들이여. 이십 년을 지탱한 꼬불꼬불한 삶. 이제, 다시는 어둠 속에서 쓰린 뱃속으로 쓰린 눈을 비비며 젓가락질을 하지 않으리라. 안녕, 꼬부라진 면발이여.

어디로든 떠날 채비를 하여야 하는 밤. 未定의 발길에 수북히 쌓이는 라면발들이여. 젖어오는 왼눈을 지그시 감노라면 못난 삶, 그래도 부끄럽지 않다. 청춘을 고스란히 바친 기계들은 더 낡아가는데. 그래 이제는 나도 가야지.

도망치듯 홀로 몸을 빼내어 가는 날, 용서해다오. 꼬부라진 라면을 더 먹어야 할 아우들아. 우리 다시 만나리라. 꼬부라진 면발로 다리를 놓아 견우와 직녀처럼 다시 만나리. 그럼 그때 왼눈이 흘리는 눈물이 오늘처

럼 비가 되어

　강이 되고,
　바다가 되고,
　파도가 되어

　니 가슴을 적시리.

마지막으로, 낡은 기계들 곁에서 아우들과
　불어터진 라면을 먹었다. 눈물로 불은 라면은 더 맛
있었다.
　맛 있었다.

耳鳴

몇 술 담은 야참에 체한 듯싶은데

밤새, 바다가 앓나 보다

누군가 미운 사람이라 욕하며 잠꼬대하며 돌아눕나
보다

이제야 이가 돋는 아가가 벌써 이를 가나 보다

따끔거리는 귓속으로 무수한 햇발을 담고 돌아오는
아침.

마침표 하나에

무수히 대기하고 있는 날카로운 비수들을

모두 가슴에 담고 싶었다.

미라

죽어, 많은 세월이 흘렀어도 형체를 온전히 보존할
수 있듯 무형의 말씀도 대대로 잘 내려오고 있습니다.
사랑과 자비, 원한과 증오가 시공을 초월하여 늘 공
존하며
부활의 날갯짓을 퍼드덕거리는 깊은 잠 속에

내 손톱 밑의 가시가
그대들의 가슴앓이보다 더 아프다는 것.
그대들이 내가 되어도 변하지 않을 것이지요?

온전히 남겨져야 할 아름다운 꿈을 위해
산 채로 부장附葬되어
그대 가슴앓이 내 손톱 밑으로 몰아넣으렵니다.

사랑법

– 地神밟기

대보름
상하 장수 농악대
'슈'을 펄럭이며
태평소가 흐느끼면
징이 울리고
꽹과리며 북, 장구도
일제히 쿵더쿵, 쿵더쿵

밟아라. 땅을
뵈지 않는 지신
단단히 밟아라.
뵈지 않는 사랑
밟아도 밟아도
스러지지 않는 우리의 사랑을
밟아라, 쿵더쿵

태평소가 가늘게, 가늘게
가슴을 적시면
먼 변방의 지친 병사가 되어 또 하루를 지키노라. 지
쳐도
지쳐도
지치지 않는 그리운 얼굴아.

한 대목 넘어갈 때
뿌웅
나발이 울리고
덩더쿵

가락 속에 가슴을 후비는
북소리 되어
밟는 땅
숨은 지신

언 땅 위에

시린 발등에

또오똑 떨어지는

뜨거운 눈물 하나

사랑법

― 눈물

눈^雪이 많은 계절엔

바깥 출입이 적어져

몇 날이고 되뇌이는 따스한 햇발

마침내 날이 풀리고

햇살 은은히, 눈^眼이 부신다.

서해는 격랑의 몸짓으로 나부끼고

같은 자리의 섬들은

희끗희끗 뵈었다, 말았다

눈보라 속에 늘, 제자리를 지켜도

맑은 날이 아니면 뽀얗게 남겨지는 윤곽으로

떠 있었지.

갑자기 날이 풀리고

환하게 섬들이 밀어닥치면

따끔, 눈에서 흐르는 한 줄기 물빛.

겨울의 서해처럼 격랑하였을까? 눈물샘에서
가둬진 그리움의 결정이
또르르

사랑법

- 죽음에 대하여

응달의 녹잖았던 잔설도

녹고 있습니다.

하얗게 덮였던 겨울이 한 발짝씩

물러서며 형체도 없이 사그라지려 합니다.

파릇하게 봄빛이 물들어올

산을 보며

겨울이 어디서 왔다가 어디로 가는지

그냥 잊을 듯합니다.

담담하게 계절을 보내고 맞이하듯

마음을 다스리는 날

따사한 봄볕에도 마음이 차갑습니다.

그리움이 자라

죽어야

형체도 없이 녹아들까요?

저 바다로

겨울 소묘

30

날마다 눈이 내렸다.

하얗게 쌓인 눈길을 걸어 아침을 나서면

잿빛 하늘에 햇살 가득 내려

따사한 겨울볕으로 눈을 녹이듯

추운 겨울을 넉넉하게 버티게 하는

그리움.

날마다, 눈보다 더 많이 쌓여

녹을 줄 모르고 있었어.

노을빛 바다를 보며

날마다 해가 떨어질 때면
저 황홀한 낙조
물결을 벌겋게 물들이지.
붉은 물빛이 커지다
커지다
해가 잠기면

짧은
정. 지.

그래도 봄이 오고
기다리는 사랑은 어두워지지 않는다.

왼눈의 戀歌

야간운전이 버거워지는 날입니다.

이슬비가 내리는 밤길.

차의 오른눈은 불빛을 내지 못합니다.

몇 달 전부터 고쳐야지, 고쳐야지 생각만 하다

이슬비가 내리는 길을 달려왔습니다.

늘 왼눈부터 젖어오는 나를 닮아

함께 늙는 차도 왼눈으로만 불빛을 흘렸습니다.

달도 별도 없는 밤길을

왼눈으로만 달리는 차 속에서

또 젖어오는 왼눈.

감긴 오른눈을 위해 더 밝아질 수 없는 왼눈

미처 젖지 않는 오른눈을 위해 더 젖을 수 없는 왼눈

같이

같이

같이

내, 한 삭신도 같이 울지 못하는데
한 몸에 쏠리는 격정, 가누기도 힘드는데

아, 늘 같이. 같이. 같이.
기쁨만 같이 할 거지? 니는.

밤새도록 뜬 눈은
니, 아픔도 같이, 같이……

그러나 버거워지는 야간운전을 버티게 하는 것은 쓰
린 내 아픔보다는 내가 나눠 가지는 그대의 아픔이었습
니다. 그러나 그러나, 정말, 정말로 니는 내가 니 아픔
나눠 가지는 줄은 꿈에도 모르지? 꿈에도 모르지?

지옥

칼이 되고 싶었다. 뵈지 않는 매듭이야 끊고 자를 수
없었겠지만,
불이 되고 싶었다. 멀리까지 밝게 못하더라도,

지옥은 난마처럼 얽혀
헤어나도 헤어나도
또 다른 지옥.

불이 되어, 한 삭신 다 타버리면 좋겠다.
칼이 되어, 또 하나의 지옥을 열면 좋겠다.

사방을
가득
메우고
떨어지는 비.

그 방울방울마다
열리는 지옥이며

열리는 지옥마다 칼이 되고, 불이 되더라도
피눈물 몇 방울도 못 흘리는
사람이여.

느그들은 알지?
사람은 칼도, 불도 될 수 없다는 걸.
그저 묵묵히 지옥의 길에 순응해야만 한다는 걸.

또, 왼눈이 젖는 지옥 속에서
널

바. 라. 본. 다.

짧은 시

36

무너지지 않기 위하여
저 노을^霞 벌겋게 달아 흩어지고 있습니다.
더, 그리울수록 이 가슴의 피 더 붉어진다면
가슴을 저며 똑똑 떨어뜨려 저 하늘을 덮고 싶네요.
그대여

짧은 시 2

애닯고 저린 마음 걷잡을 수 없을 때

저 시퍼런 바다가 되어 이리저리 쓸리다 하얗게

부서지는 파도가 되어 남을까

죽음 뒤에 남는 먼지나 바람이 되어 포말처럼 흩어

질까.

짧은 시 3

38

빗발이듯 눈발이듯 먹구름이 세상에 닿아도
아직은 바람이 거센 날들.
보림사 처마 밑 풍경이 운다.
흐느끼지도 않고 목놓아 운다. 내 사랑아

짧은 시 4

곤한 삭신 눕히지 않고 기다리는 것은 무엇일까.

별빛, 봄비 혹은 먼 기다림

눈에 뵈지 않는 그리움까지

모두 다 쓸어모아 씻고 씻는다. 잠겨오는 눈 속으로

짧은 시 5

어서 자라고 속삭이는 어둠에게 되묻는다.

잠결로, 꿈속으로 뛰어다니는 저 햇살은 어디에 묶어
두시렵니까?

종일토록 어둔 하늘 아래, 마음의 그늘 속에서 솟구
치던 그 햇살들이

눈과 귀를 꿰뚫고 있습니다. 가슴마저 도려내고 있습
니다. 어둠이여

짧은 시 6

날이 흐리다.

아슴아슴

지나는 배와 섬들이 수평선 위를 벗어나 그냥 허공에

매달린다.

저벅저벅

습한 빗물이 가슴으로 스밀 듯 하늘이 어두워지면

쿵, 쿵

먼저 두드린다. 가슴을 열어라.

봄비야

두근거릴 悸

우리의 먼 바다에 주의보가 내릴 때
태풍은 더 먼 바다에 있습니다.

* * *

벌써 늦더위를 예감해야 하는 날
침침해가는 눈으로 찾아본 글자.
두근거릴 '悸'

옥편을 들기 전에도, 忄이야 때려맞혀 두었지. '悸'
라고,
마음 심 있기에 훈도 대강 짐작이야 했지.
'두근거릴' 悸

* * *

아이들의 방학이 끝나기 전 날
단 하루,
아이들과 함께 돌아다녔다.
보석박물관과 화석전시관, 황토현전적지, 그리고 뉘
엿 해 저물어가는 미당시문학관.
아직 어린, 막내를 안고 몇 층째인가 층계를 오를 때
당신이 말했지. "당신, 가슴이 뜨거운 것 같애……"

* * *

늦은 밤, 곤한 삭신으로 집에 돌아가, 눕기 전에 '김
은자'를 꺼내들었다.
가장 마지막 장의 '初雪'을 읊조르려다
그냥 아무 장이나 소리내어 읽어나갔지.

아, 두근거릴 '悸'가 눈 안에 가득한 순간

아직도 태풍은 더 먼 바다에 있었고
우리의 먼 바다는 주의보.

***

그러나 난, 죽어봐야 아팠는지 알겠다.
　내 안에 숨쉬며 살아 꿈틀거리는 것이 무엇인지 아직
모르기에

제2부 새벽

제2부 새벽

새벽

힘차게 가슴을 꿰뚫는 햇살을 미처 맞이하지 못하고
사십 년을 산
난, 아직도 새벽에 머물고 있다.

밝은 햇살 아래 찾고, 빚어야 할 사랑의 양식들을 그
려본 적이 없지.
이제
미명의 새벽녘을 홀로 걸어
늘, 낮보단 청량한 기운.
찌들은 삭신을 흔쾌히 일으켜 세우는 빛들의 조각을
맞춰
튼실한 하루를 가슴에 안고

만나야 할 그리움들을 하나하나 깨우리라.

새벽 2

일어나 마지막 남은 담배를 문다.
끊어야 할 이름이 이렇게 있듯
맺어야 할 이름도 어딘가에 숨었음을 보노라.

이 새벽은, 감춰진 것들을
찾아 더 아름답게 빛나도록 애쓰는 하루를 만드
는 것.

늘, 마지막 같은 이름으로 타들어가는 불꽃.
그 끝에 다시 소생하는 햇살 같은 눈빛의 사랑이여

새벽 3

짙은 안개 사이로 비의 내음이 묻어온다.
며칠씩이나 호령하던 빗발이 안 보인 게 벌써 사나흘
또, 비가 오려나 보다.

너무 내려도 반갑지 않은 비. 눅눅한 기운을 털어내
는 햇살이 그리운
하루를 꿈꾸며
서두르지 않는다. 미숙한 삶의 감각을

이 새벽엔

새벽 4

끊임없이 귀를 두드리는 빗소리에도
세상의 어둠이 차츰 밀리고 있습니다.
아직, 고단한 꿈에 취한 그대를 위해
먼저 밝음을 맞아, 한 자락 잘라둡니다.

잘라놓은 밝음이 발산될 수 있도록
마음을 묶어둡니다.
묵은 내음으로 발효되어
그대 가슴속으로 거침없는 비가 되어 내리고 싶습
니다.

새벽 5

긴 항해가 끝났다.
스스로 불 밝혀 나를 비추던 밤들이여 이제 안녕.

이 새벽은 은밀하게 밝아오지 않았어.
밤새 불 밝히고, 밝히고
잠든 사랑을 지켜주었지.
충분한 꿈을 꾸도록 따스하게 안고 있었지.
먼 길을 갈 수 있도록, 혹은 하늘을 날 수 있도록
포근히 감쌌던 거야.

스스로 밝혔던 불빛들이여 이제 안녕.
이 땅의 사랑이 모두 눈뜰 새벽을 위해

새벽 6

왼눈이 젖어
그댈 바라볼 수 없었습니다.
나약한 핑계를 만들지 않는 날을 아직은 혼자 만들지
못하는 새벽엔
눈시울만 젖고,
그래도 제가 채우지 못하는 자릴
늘, 메꾸는 그대가 있어 흐뭇합니다.

새벽 7

새벽에 내리는 비는 무섭습니다.

지치지 않고 쏟아지는 저 모습처럼

그리운 이에게로 내가 쏟아진다면

그대도 무서워하겠지요. 몸서리치면서

젖고 있는 우리의 사랑을

천둥과 함께 내리는 빗속에서

눈뜨는 사랑.

지천에 푸르른 풀들처럼 나를 기다리고

내가 가야 할 얼굴들에게

거세게 내리렵니다. 그래도 무서워하지 않고 반갑게
기다리겠지요.

새벽 8

송별을 마치고 돌아와
잠들지 못하였네.
곤한 삭신, 등을 붙이지 못하게 하는 것은
과연 무엇인가.
이 새벽을 뜬눈으로 맞고 있듯
내 그리운 소망들도
밤새 뒤척이고 있을까나.

쏟아질 듯한, 눈물
감춰뒀더니
이 새벽 비가 되어 내리네.
비가 되어 세상을 적시고 싶어하네.
흐르는 물이 되어 또, 한 세상 흘러가고자 하네.

그대여

새벽 9

마지막 근무를 마치고 천호랑 급하게 소주를 비우고
일어설 때
억수처럼 비가 쏟아졌다.
울고 싶은 간절한 마음
대신하여 비가 쏟아지고

비가 갠, 이 새벽의 하늘은
아직 온통 먹구름이건만
차츰 맑아지고 있다.

마음의 모든 창을 열어 더 맑게
그댈 껴안고 싶다.

새벽 10

지금은 우기.
확정되지 않은 미래가 가슴을 조일 때마다
비가 내리네.
새벽마다 비가 내리듯
늘, 부푸는 그리운 그대.

새벽 11

곤한 삭신, 눈을 뜨기 싫어도
이제야 맞은 새벽.
그냥 흘려보낼 수 없어
촉촉하게 젖은 새벽을 가슴에 안으며
세상을 향해 돋아나는 수염을 깎노라.
세상에 드러난 날카로움을 마음으로 녹이고 녹여
더 둥글어지는 마음을 훔쳐보는 이는 누구인가?

새벽 12

밝아오는 만큼
세상이 열리고
그 틈새로 돌아오는
그대의 지친 다릴
토닥거리는
바다, 물결 한 이랑도
더 푸릅니다.

새벽 13

날밤을 새우고 있을 옛 동료들이여,
포근한 잠을 밀어내고
쌓인 일들을 바라본다.

지척이 천리라고
이렇게 맞는 새벽들이 많아질수록
눈이 무겁던 시절을 잊어가겠지.

그러나 멀리 있는 그대가
이 새벽의 무게만큼 내 눈이 뜨이도록
아른거려옴을 아는가?

새벽 14

비 내리는 이 새벽에 갇혀 있는 이는 누구?

비 되어 내리지 못하고 새벽을 서성이는 이는 누구?

겹치는 물음표를 딛고

늘 初心으로, 초심으로

사랑하려네.

내가 꿈꾸는 모든 것들을

나를 꿈꾸는 모든 것들을

새벽 15

눈을 감아도
밀려오는 빛들이 몸을 일으켜 세우고
또 하루를 맞아야 한다.

더 깊은 사랑 속으로 파묻히는 삶.
세상은 차암, 환하네.

숙취의 밤이 며칠 머물러도
급하지 않은 삶.
천천히 발을 떼어 간다.

늘, 기다리는 너에게
더 든든하게 채운 마음으로

새벽 16

며칠 무리한 삭신은 더 누워 있고 싶지만
조급해지는 마음처럼 밤은 늘 짧고
씻인 일처럼 낮은 길기만 한 줄 알았는데

더, 누워 있을 수 없다.
일어나야 한다.

아직 스러지지 않은 별빛
모두 모두어 가슴에 담아야 한다.

채워지지 않을 만큼 가득

우리가 이렇게 새벽을 껴안아버리면
안을 것 없다고 우는 이는 누구일까.

새벽 17

기대하지 않은 즐거움으로 어제도 넉넉했노라.
늘, 기대하고 설레는 이 새벽

두 손 불끈 쥐어도
아직은 미흡하다.

늘, 즐거움의 기대는 멀리 있고
땀으로 범벅이 되어야 할 하루.

땀방울마다 솟아나는 그리움은 지칠 줄 모르고
저, 햇살처럼
저, 햇살처럼

나를 목마르게 하네.

다시, 새벽

누렇게 익은 가을이

조금씩 비워지고 있을 때

식은땀으로 젖어

기대어 선 느티나무 아래

다시, 새벽을 꿈꾸는 사람이 있네.

눈물이 마를수록 새벽도 잊혀져갔을까.

시퍼렇게 멍든 파도처럼

골골 신음만 내고 있었을까.

아파도, 아파도

새벽을 아직도 꿈꾸며

가야만 하리, 가야만 하리

이렇게 되뇌이고 있었을까.

다시, 새벽을 꿈꾸는 사람이 있어

느티나무 아래 기대어

젖은 식은땀을 식히노라면

아직도 부족한 사랑은

비워지는 가을 들녘을 가로질러 오라 하네.

죽음보다 더 아픈 삶의 고개

다 밟고 오라 하네.

나도 조금씩 야위어가고 있었다. 달처럼

제3부 바다일기

제3부 바다일기

바다일기 1

잠이 부족한 날은
밤이 길다.
몇 번이고 자판기에서 빼온 커피를 마시다보면
헛구역질이 돋고
몇 번이고 얼굴을 씻는다. 덥수룩한 머리칼 사이사이
언제, 저렇게 흰빛이 늘었을까?

눈이 내리면 깃재는 커녕 밀재도 넘을 수 없으리라.
겨울의 문턱을 딛고 서서
그리운 이름들을 호명해보아도
눈 내리지 않은 깃재나 밀재를 넘는 이 없고
아직 준비되지 않은 나 역시 넘어갈 수 없다.
그, 높지 않은 재들을

아직 춥잖은 이 계절
부족한 잠이 식은땀으로 남을 때

늘, 부족한 가슴.

더 비워내야 하는 식은 피들이 삭신을 쑤시는데

바다는 더 식어가고 있었다.

찰랑대며, 격한 폭풍을 동반한 채

바다일기 2

오늘도 밤바다는 썰물이었습니다.
많이도 비워두었습니다.
짧지 않은 밤
채워야 할 게 적잖아
더, 긴 밤을 부르고 싶었습니다.

썰물처럼 멀리 밀리면
각양의 방언들과 함께 어우러져
함께 출렁이다
밀물이면 함께 어깨를 매고 하나가 되어
나의 바다에 이르듯
다른 사투리의 물가에도 가리니

어둔 밤.
아직 썰물인 내 가슴에
반겨 맞이할 그대 가슴을 위해

무엇이든 채워보려는

끝없는 되풀이로

아침에게로 가고 있네.

바다일기 3

아이들이 밤새 앓고 있듯
바다도 밤새 앓는다.

미련한 애비는 이 자릴 뜰 수 없어
또
앓아도

지칠 줄 모르는 눈발.
그 흔적이 하얗게 땅을 덮어도
바다는
그 흔적을 지우며
밤새 울고 있었다.

바다일기 4

눈발이 걷히고
언 길의 우리가 덜컹대며
이르노라면
잠자고 있는 바다.
그 깊은 잠의 끝에 매달려
그려낸 빛깔이
아직은 어둠에 젖어

있을
때

더 환히 빛날
우리는

체인을 매단 바퀴로
덜컹대며
세상으로 돌아가리.

바다일기 5

징하다. 이 사랑, 늘 같은 자리에 머물러도
날마다, 뼈를 저미는 구슬픈 가락이었다가
평온의, 물빛이 다시 되었다가 자지러지는
무너짐. 시시각각 표정을 바꾸는 파도처럼

거칠고, 찬 겨울바람마저 뜨겁게 달구려는
우리는. 날마다 언 가슴을 열어 부비노라.
징하고, 무식하게 파도처럼 부딪혀가노라.

바다일기 6

시간이 없다. 훅틀던 바람도 이제 자고, 하늘도 맑아
지는데

시간이 없다. 더 열심히 부딪혀 쏴아, 쏴아 소리내는
바다여

다시 또 잔다. 난

바다일기 7

아침이다. 바다는 그렇게 옹알거려도 아직 외우지 못
한 절망을 계속 외우는데

아침이다. 새로움을 암기하려는 나도 옹알거리는 아
침이다.

덮고 나면 금방 잊혀질 위안을 외우는 아침.

바다가 저만치 멀어져 가 있다.

바다일기 8

늘, 시작이지도 않은 날들이었습니다.
가만히 밀려 오가는 날이었지요.
비워두면 비인 대로.
채워두면 채운 대로.
그렇게, 그렇게

데우면 데우는 대로
식히면 식는 대로
뜨거워지고 차가워졌습니다.

늘, 시작이지도 않은 날들에 휴지부를 날려보내며
뜨겁게 끓는 바다가 되려 합니다. 이제

바다일기 9

겨울비 가늘게 내립니다.
서로 다른 물, 비와 바다는
만남이 서로 반갑습니다.

며칠, 날이 풀려 아직은 춥잖은 날,
추위가 모질게 내린다면
이 비는 눈송이로 바다와
짠물 바다는 눈송이와 다시 만나겠지요?
그러나, 그러나

아무리
추
워
도

흘러내리거나, 흩날려

따스한 바다에 이르면

포근히 안아, 함께 흘러갈 터이니

더 많은 날, 흐르고 싶습니다. 그대 가슴에

바다일기 10

짙은 어둠이었습니다.
대낮인데도 흐리다 못해 캄캄한 하늘
어두워, 솟는 갈증.
온통 물인 바다는 더 목말라
따스한 곳으로 흐르고 싶었습니다.
먹빛인 하늘에서 비 내리는데

하늘이 어둡던, 맑던
늘, 변함 없는 물빛으로
세상에게 번지고 싶었다. 따스한 물빛으로

바다일기 11

맑고 고운 날
바람이 잡니다.
가득한 밀물인 나는
이제 물을 밀어내야 합니다.

퍼렇게 멍든 가슴
다독이고, 다독여 잔잔하게
밀어냅니다.
저 세상을 향하여

바다일기 12

내리는 눈이
길이란 길을
모두 지우고
가슴 가득히

소복이 쌓일 때

발은 시리고, 차들은 묶이는데

바다는 물을
떠밀고 밀어
너에게 가는
길을 만든다

바다일기 13

내리는 눈만 앞을 가리는 것이 아니다.
내려진 눈이 바람에 쓸리며
이리, 저리 하늘을 가리면

한 걸음 옮기기도 쉽지 않더라.
전혀 앞이 뵈지 않는 길. 영하의 날,
땅이 얼어 차는 브레이크를 밟을 수 없다.

눈길을 걸어본 기억은 알리라.
흐르는 물 곁엔 쌓이지 않음을

이토록 차갑고 어둔 날
흐르는 물로, 얼어가는 세상에 남아

조그만 숨구멍 틔우고 싶다.

바다일기 14

발목까지 눈이 쌓이면

그리운 꿈의 나라로 가야지.

드르렁, 드르렁 코까지 골며

그리움의 빛깔이 순백으로 빛나도

까칠한 감청紺靑인 가슴으로

드르렁, 드르렁

발이 묶인 사람들이

길이 뚫리길 기다리듯

어두워오는 하늘에 박히는 별에게로

물이 잠든다.

바다일기 15

이 겨울
짙은 눈발과
뼈를 에는 추위에도
얼어붙지 않은 바다가 기다리고 있습니다.

충분한 휴식을 벗어 던지고
다시, 써 내려갈 항해일지가 기다리고 있습니다.

예견된 고통을 숨긴 바다에게
한 발, 한 발
잠겨갑니다.
늘, 작은 그릇이지만 바다마저

담으려

바다일기 16

며칠 만에 포근한 오후
그래도 하늘은 먹빛
바다는 썰물입니다.

항행을 위한 마지막 점검으로 동료들은 분주하고
이들과의 헤어짐이 예견되는 출발.
무거운 맘으로 그들을 다독거린다.
늘 그랬듯, 실적보다는 안정된 자세로 나아가길

내가 위무하는 그들이
다시 나를 바라볼 때
끝내, 썰물이 되는 눈가엔 이슬 한 방울 맺혀
또르륵, 바다가 된다.
아직은 썰물인 바다를 넘치게 하는

바다일기 17

온전히 하루를 쉬며

가슴을 지피고 지폈다

다소곳하면서도 뜨겁게 데워지는 가슴을

만지작거리는 바다여.

쉼 없이 밀리며 근력을 키우는 바다여.

지는 놀에

불타는 물빛을 가슴에 담아

내일로 간다.

먼 그대에게 밤새 밀려

바다일기 18

작은 그릇에 넘치도록 바다가 들끓는 날이면, 시간이 부족합니다. 조금도 비우지 못하고 채우기만 하는 사랑은 저를 넘치고 흘러 또다시 바다로 되돌아가며 무심한 겨울을 재촉합니다. 아직은 눈도 바람도 더 많이 쌓이고 불어야 하는 날. 헛손질 없이 부지런히 해를 보내도 부족한 날에 마음 한구석의 꽃씨를 유심히 보노라면 유난히 흰빛이 눈에 띄어, 꽃 피울 날을 위해선 게으른 이마에 송골 맺힐 땀과 절절한 정을 바랄 때. 덜 여문 가슴 겨울볕에 더 말려봅니다.

바다일기 19

비수가 되어 가슴에 박히는 한마디 말에도
잠잠하여라.
너그러운 웃음에도 들끓었던 날이여.

아린 가슴 하얗게 덮어두던 수수한 눈발 사이에, 서
차갑게 다스리고 싶었다. 삐쭉삐쭉, 거칠게 자라나는
물결의 끝을

아직은 어려, 애절한 마음 엮어보지도 못하는 날.
그 많던 눈발은 속절없이 녹아
드문드문 응달의 잔설로 남는다.

바다일기 20

참, 신기하다. 그지?
이토록 아프고 힘들 날에도
우리는 연이어 흐르며
또 노래하고, 감싸안는다. 그지?

곡기가 끊겨도
뱃속은 전혀 고프지도 아리지도 않고

그래, 도망갈 길이 없어.
이젠 힘들지도 않아.
눈물 글썽이며, 왼통 눈물자국 물빛의 우리는
늘, 그렇지.

또 밀리고 밀리다
다시 되돌아와
먹빛의 바위에 머릴 부딪혀 부서지는 한 줌, 파도

였지.

하얗게 빛나는 바위를 감싸며
우으으
흘러가는 시퍼런 물빛으로

니, 가슴을
적시고
있지.
이 밤도

포말^{泡沫}

부딪히지 않아도 부서지는 꿈들을 보았니? 가만히
흐르다가도 깨어져야 하는 절정의 순간. 윙윙대며 비산
하는 물방울들, 하나씩 하나씩 깨질 때 미세한 그 사이
사이로 숨죽이는 아픔.

다시 몰리어 흐르다 깨지는 순간까지 다소곳한 썰물
이 된다. 부딪히지 않아도 바람의 억센 후림.

머리끝까지 용솟음치는 절망으로 바다는 포효하고

〈언제나 바다가 된다. 시름에 겨운 날도, 시름에 겹지
않은 날도 망망한 바다에 가야 한다.〉

절름거리는 오른발을 내디디면 한 발 더 다가서는
뻘, 그 위로 남실거리는 바다는 한없는 위로의 색채. 부
딪히지 않아도 깨어질 수 있음을, 알알이 뱉어내는 작
은 흔적마다 또 하나의 세상을 이룸을,

또 물결이 되어,

수평선이 되어
닉닉한 풍어豊漁.

비늘을 벗기는
저녁.

조용히 눈 감는다.
절뚝이며 걷는 날
부서질 햇살 아래
무수히 돋아날 세상을 바라며

바다의 꿈

절실한 만큼만 흐느껴 울리라.
긴 밤을 지나 견고한 새벽마저 허무는 파도소리로
그대의 귓전을 적셔주리라.

덥고 무더운 날들을
품에 안아, 식혀주리니

아프고 절실한 날들의 매듭을 엮는 그대여.
손끝, 백일홍보다 더 짙은 빛으로 물든 그대여.

西로 저무는 햇살을 받아 더 핏빛인 가슴에 잠기는
아픔이여.

제4부 프리즘

프리즘

무엇일까.

깊고 긴 어둠을 벗어나 아침을 인사하는 우리의 가슴
에서 피어나는 저 황홀한 빛깔은.

서로의 아픔과 슬픔이 어우러져 맑고 영롱한 한 방
울, 이슬로 융화될 때 비로소 빛나며 날아오르는 저 황
홀한 색채는.

불면의 밤마다 우리는 스스로 아름다운 선율, 명징한
삶을 꿈꾸며 노래하는 떠돌이별이 되지.

쉼 없이 날아오르다가도 쉬이 무너져 내리는 상처입
은 가냘픈 작은 새이지. 뽑힌 흰 깃마다 피가 배어 떨어
지는

밤의 깊은 수렁에서 나른한 몸과 마음이 쓰러질 듯
비틀거려도 홀연히 비상하는 꿈을 꾸었어.

홀로 빛나 멀리 비출 등대를

환호와 갈채에 파묻힐 환청을
지상의 모든 새들이 어둠 속을 뒤척이고

가위눌린 밤마다 추운 새벽의 들판에 떨어져 남아 날
수 없는 연약한 날개 위로 이슬이 방울지면, 퇴적되는
무게만큼 알아냈지. 혼자만의 내부에서 소멸되는 밝음
의 정체를.
조금씩, 아주 조금씩

망원경을 통하여 세상의 저편을 끌어당기듯 눈부신
빛의 알맹이가 프리즘을 거쳐 선명한 빛깔, 빨주노초파
남보 형형색색 나부끼고
낮은 목소리와 작은 몸짓들이 하나가 되었을 때 가장
아름다운 자신의 빛깔로 번지는 아침이 오고 있다.

둥그렇게 맺힌 이슬과 함께 짙고 푸른 밤을 지새우고

끊임없이 풀려나가는 저 황홀한 색채는.

　다정하게 소곤거리며 내부를 열어젖힌 우리의 가슴
에서 용솟음치는 저 황홀한 빛깔은.

　무엇일까.

반성

숙취의 다음날은 아무것도 먹을 수 없다.
오장육부를 훑고 지나긴 주독^{酒毒}.
그냥 쓰러져 있으면 더한 낙이 없으리.

적잖은 나이,
자제할 수 없었음을 한하노라면
천장이 더 낮게 드리워 눈을 감기고

소생의 시간은
모든 걸 포기하고 비어 있는
위^胃가 알려오지.

버려지고 도태되기 전에
먼저, 쓰러져 부대끼다
더 이상 비워낼 수 없는 바닥

늘어진 몸을 다시 세우고
여명의 세상에게 한 걸음씩 한 걸음씩
걸어야 하리.

아직 낫지 않은 삭신의 아픔
고통마저도 자취 없는 이 새벽.
동이 터오고 있네.

개안開眼.
더 이상 쓰릴 것 없이
비워진 내가, 나를 보듯

희미한 빛의 알맹이들이 모여
세상을 비추며
다독거리는 어깨.

한 숟가락 들고 집을 나선다.

황홀

이
바다
가득한
밀물이여

빛나는 햇볕.
만발한 벚꽃.
늦잠의 오후.
이제야 아네.

부시시 깨어
가볍게 씻고
바라본 하늘
너무나 맑네

숙취의 간밤

아픔을 도려
울었던 막내
오늘을 견뎌

밀물이여
가득히
부은
정

눈부시도록 맑은 날, 바다를 가득 담은 눈엔 눈물도
한숨도 아픔도 모두 녹아 흐뭇함이 흐드러지게 피어나
더라. 만발한 벚꽃과 함께 피어나더라.

싱그런 햇살과 상큼한 바람, 그 안에 가득 찬 만조의
바다를 품고

酒浦

밀물 드는 바다는
어둑어둑
불 밝히고
통통거리며 떠나는 배.

넘치도록 쏟아부어도
바다는
더 이상 넘치지 않고
홀로 취한 밤.

팔딱거리던 돔이
한 접시.
하얀 속살로 누워
취기를 돋구고

내리는가? 비.

물방울
그리 쌓여도
넘치지 않는 바다

위로 둥둥
떠가는 봄.
주포
비린 바람에 함께 취했네.

핏기 없는
얼굴
어둠 속에
살포시 묻어두었네.

행복

바다.
비워지다가도
가득,
채워버리고 마는 가슴.
그 안에 있는 이름이여

항상
있는 듯 없는 듯
감청색 물빛으로
명명된 이름에게
오늘
한 발짝 더 다가서
본다.

한시도 같은 물높이가 아니었음을
내가 준비한 그릇도

시시각각 그 크기가 변함을
한 발
더
내디뎌 바라본다.

흐뭇하게 웃을 수 있는
얼굴
모두들 얼굴이 다르듯
웃음소리가 다르듯
살아가는 길이 다르듯

스스로 마련할 수 있는
행복,
가득히 채울 수 있을 만큼의
그릇을 마련해본다.
다소곳하게

그러나

높낮이에 관계없이

바다의 이름이 항상 같듯

행복이라 명명되는

그득한 기쁨의 정화는

모두

한 줄로 도열하여

결국 그리 불려지고 말 거야.

한 걸음

더 내려설까?

물 밀려간 뻘밭으로

조수에 따라

더 내려가

가슴을 보일 바다.

언젠가 넘실거리며

뭍을 적셔버릴

만조를 고대하며

冬葬

아침 바다는
앙칼지게 날리는
눈발에 밀려

조금씩 밀리는 썰물이었지.

얕은 수심水深.
모든 물감을 함께 섞으면 저런 빛일까……

낮게 부딪히며 떠다니는 물결들은
송이, 안마 지나 대륙으로

풀리는 겨울, 우수.
희끗, 달라붙는 눈발

한기를 느끼며 몇 겹의 자물쇠를 열고

하루를 가둔다.

여태 녹지 않은
옷섶의 눈.

다소곳이 겨울을 묻고 있었어.

濃霧

아침 바다가 스물거리며 게워내는 짙은 안개는 유
심히 들여다보잖으면 물의 높낮이를 알 수 없게 하였
지요.

밀려 오가는
愁心,
가득히 안은 水深.

안개 가득한 날의 바다는 격랑하지 않는다. 먼 바다
가 아무리 요동치더라도……

감추고 덮어두는
애쓰림,
흩어지는 안개 속으로 녹아들고 있었지요.

白夜

夜盲의 그대가
떠노는 바람에세 몸을 맡기고
밤의 통로를 더듬어 횡단할 때
절망은 시간과 시간을 가로지르는
바람의 정연한 논리마다 새롭게 피고
길마저 폭설로 끊겨
흐느끼는 그대여
보이는가, 더 추운 곳에서의 지지 않는 태양이.

放流

서해,
두시는 가득한 만조.
더 이상 넘칠 수 없이 부푼 물길이었네.

묻어둔 그리움
모두 흘려보낸다면
행여 이 바다 넘치지 않을까?

작은 그릇.
주체하지 못하는 정과 애쓰림을
그냥 흘려보내고 싶었습니다.

바다가 넘치거나 말거나

동해

해돋이를

셑에 두있더니민

찰랑이는 물결 위로

번져

노을보다

더 빠알갛게

가슴에 스미더라.

아침마다 우뚝우뚝 솟아나는 하루.

부끄러움이나 아픔을 금세

쪽빛으로 감싸는

바. 다.

파도

저녁 어스름
이내
어둠에 잠기는 바다가
으르렁대고

자욱히 내리는
안개.
비가 오려나.
뵈지 않는 수평선.

절로 넓혀지는 시야
두 팔로 감쌀 수 없었네.
서해는 아직,
밀물이고

까칠, 돋아나는 살갗.

눅눅한 바람은
어디서 불어
오가는가?

나직하게
부르는 노래.
마디마디
가사가 끊기고

끊기는 순간마다
돌아보는 뒷모습.
한 방울씩
비가 내린다.

바다에

바람과 만나면 바람처럼
비와 만나면 비처럼
나부끼고
젖어 흐르는

파도로 머문다.
이내
넘칠 듯 일렁이는
하나의 꿈으로

다시
썰물이 되어 밀려 나가노라면
성긴 빗방울
머릴 때려도

야무진

율동   ·

그렇게 남을까나.

세월 속에

편지

요즘은 쉬이 아프지도 않는다.
갑각류가 되어 쫑긋 세운 더듬이만
하염없이 갯벌을 헤집고 다녔어

두텁게 두른 무기질의 갑각이 조금씩
아니, 흔적도 없이
우수수 낙엽처럼 떨어져 발 밑에 뒹구는 날

아프지 않다.
짓무른 입술이며
갈라진 혀도 전혀 아프지 않아

* * *

여린 속살을 아무리 찔러대도
우린 빛나는 갑각류이었거늘,

누가 아프다 외치는가?
아직도 떨어지지 않은 모과 몇, 저리 빛나는데

헤집고 다닌 갯벌을 뒤덮는 밀물을 두 팔 벌려 맞노
라면
오므라드는 삭신, 그래도 안 아프다. 안 아프다.

눈물

　책을 덮고 잠자리에 들기 전에 마지막 뉴스를 살폈다. 사십 가까이 살면서 무척이나 현실 안주에 급급했던 내 모습이 참으로 위대하다는 생각이다. 무려 일곱 시간 동안이나 생각하고, 담밸 태우며 고민했지만 결론이 없는 사념의 끝은 눈물 몇 방울이다. 어떻게 흐르든 바다에 이르면 되겠지. 누가 흘러도 바다엔 이르겠지. 바다는 늘 우리를 기다리고 있겠지. 천년이고, 만년이고 간에. (그럴까? 그럴까? 그럴까?)

　어디로 흐르든 간에, 흔들리는 내 삶이야 비슷하리. 눈물도, 아픔도 전혀 덜어지지 않고 늘 곁에 흐르리. 그러나 늘 한 가닥의 기대를 접을 때, 나는 더 넓은 바다가 되어 또 한 세상을 이루고, 더 깊은 물이 되리. 사람아, 못난 이 사내, 눈물 흘리는 새벽. 그대 더 아름답다. 그리고 현실을 억세게, 더 억세게 살아가리라는 나는 더 더욱 아름답다. 사람아.

제5부 삶의 감각

가을 소묘

갈꽃 흐드러진 언덕을 오르면

발 밑, 마을의 사람마다

하릴없이 타는 노을.

하늘, 구름 화안히 물들여

억센 삶의 틈바구니를 헤집지.

소생의 눈을 뜨는 꿈으로 휩싸이지.

기다림

밤은 깊고
새벽이 멀 때면
눈 비비고 책을 읽는다.
다시 잠들라 걱정하며
넘기는 장마다
마디마디 격렬한 삶이 피어나고

새벽이 오고
아침이 멀지 않을 때
정갈하게 세수를 한다.
차갑게 튕기는 물방울마다
세상을 이루고
그 속으로 유입하는 하루가 있지.

너

눈은 내려

가려진 얼굴을

다시 그리려는 계절이 있었다 하자.

맘이 가난하여

다시 보았을 땐

더욱 작아지는 커단 눈眼이었다고나 하자.

오, 쉬임 없이 내리며 흩뿌리는

미세한 너의 전언.

오늘은 눈이 나리고

저만치 걸어, 작아져가는 모습이 있다.

날이 갈수록 작아져

눈썹 끝에 초롱히 매달린

은빛 방울.

외롬 떨구려는 혼자만의 방에선 환히 빛난다.

너의 흉상

자, 가슴을 가지렴
누군들 우뚝 서고 싶지 않겠냐만
엎드린 너의 등을
가슴이라 한다면 또
누군들 웃지 않으랴.

자, 서해 혹은 더 먼 바다여
내가 먼저 너에게
가슴을 던져주듯
나에게도 푸른 가슴을 심으라.
배가 지나도 이내 아무는.

바둑을 두다가

1.

나의 손속은 인정이 있는데

너가 용렬하게 나올 때

나의 패배가 겸허했는데도

너가 우쭐거릴 때

내가 악이 받쳐 너를 짓뭉갤 때

세상이 돌아가는 것이다.

2.

너의 손속에 인정이 있는데도

나의 반격은 맥이 없고

너의 승리가 겸허한데도

나는 한없이 격분하거나

널 슬슬 피할 때

세상은 돌아오는 것이다.

3.

이 넓고 넓은 세상에

가진 것

아는 것

누리는 것이

어찌 또 같을 수 있으리.

많으면 많을수록

적으면 적을수록

때론 악도 받치고

때론 기가 죽어 살다가

돌아가는 無常

무상

발성법 연습

거꾸로 선 채 헤적이는 바랜 잎들이 쓰러지고 꽃밭에
는 무성한 바람이 하늘로 자꾸만 날리고 있었다. 여문
씨앗이 톡, 톡, 톡 떨어지면 다시 황사가 불어오는 가슴.
말라가는 땅 속으로 잠을 청하고
　그리운 얼굴이라도 만나는 꿈엔 비틀어져 꿈틀거리
는 뿌리의 전설을 기억하자.

　　숨을 깊이 들이 마셔야 한다지요.
　　갯내 엉클어진 미풍에 실을 말ㄹ일지라도
　　쉬임 없이 밀리는 물결의
　　연잇는 파동처럼 부대끼면서
　　가슴에 차곡차곡 쌓아
　　오래도록 삭혀 빨아들이면
　　움츠리지 않고 곧게 자라나요.

　스스로 지킬 수 없는 아름다움은 견디지 못 할 추함

보다 더 가슴아픈 것. 감추어둔 수분을 모두 날리어 보내는 꽃밭으로 성큼 다가선 계절이여, 그리운 얼굴을 만나는 꿈엔 더욱 비틀어져 꿈틀거릴 우리들의 겨울잠을 기억하자. 언젠가 그저 스치고 지난 얼굴이더라도 기나긴 동면의 거리에선 꽃밭을 떠난 시들은 꽃들이 너울대며 돌아올 날을 함께 기대하거늘

황사가 불어오는 가슴으로 깊게 숨을 들이마셔, 오므라드는 체온을 다숩게, 따숩게 일깨우자. 곧게 자라날 우리들의 큰 목소리를 위해

밤

어두우면 어두울수록
더 어두워지지 않게
별 몇 떠오고
사람이 그리운 하늘.
아, 그러나 그마저
뵈지 않아도
숨쉬는 꿈이여.

인간의 새벽

누군가의 허구에 진실로 울고 싶을 때
밤은 발발거리던 개새끼처럼 지나고
새벽이 온다.
희끄무레한 풀잎들, 눈에 익었던
철봉 옆으로 다가서는 사내.
누군가의 아픔을 느끼듯 매달려 낑낑거리지만
너무 연약한 팔이여.

잡목시대

더 이상 눈은 내리지 않아도 된다.

몸을 열어

한층 더 빛나야 할 때

우리의 숲은 겨울의 맨살을 감추고

한갓 보잘것없는 나무, 나무를

겹겹이 안아

쉽사리 하나하나를 보이지 않는다.

멀리서 보면 모두가 아름다운 것을

모두가 싱싱함을.

하지만 우리는 안다.

숲에 묻혀 흐느끼는 잡목들의 비감한 노래를

무리들처럼 튼튼치 못한

무리들처럼 곧지 못한 채

한데 얼려 바람에 흔들리는 슬픈,

그리고 너희도 알리라.

몸의 장신구를 모두 벗고

알몸으로 겨울을 날 때

비록 야위고 굽은 몸이나마

모두들 숲에 오면 뚜렷한 하나의 삶이었음을.

더 이상 눈은 내리지 않는다.

푸르름 속으로

빛나는 속살을 묻고

어이, 降雪의 은빛 아침

다시 만나려는가.

여리게 커가는 스스로의 빛깔로.

추상명사에 대하여

보이지 않는 것은 보이지 않게

들리지 않는 것은 들리지 않게

느끼지 않는 것은 느끼지 않게

그대로 놓아둘 순 없습니다.

보이지 않더라도 보이게

들리지 않아도 들리게

느끼지 않는 것들은 느끼게끔

각기 하나하나에 이름을 매달아둘까요.

모두들 맘으로만 꿈을 꿉니다.

꿈에는 어지러운 맘의 조류들이 한데 어울려

예지에 가득 찬 아침을 맞이합니다.

꿈은 보이지도 들리지도 않지만

왠지 커다란 바위 하나를 안는 듯한

느낌을 일으켜 세웁니다.

삶의 감각

한 겹을 벗고 또
한 겹을 벗어야 한다는 걸
알기까지는 많은 비가 내렸다.

한 겹을 벗고 또
한 겹을 벗기 위하여 더욱
많은 비에 젖어야만 했다.

벗어 겹겹이 쌓아둔
허물들의 부끄러운 자국들,
그 선명한 기억들을 떠올리는 밤이면

아직도 얼마나 비를 더 기다려야 하는지.
아직 나는 모른다. 그 비에 움트는
새싹들이 그 비를 맞고 어느 정도 자랄는지는.

後記

먼 길을 돌아오면서 쌓아둔 넋두리, 그 부끄러운 기억
들을 꺼내 보일 수 있도록 해 주신 분들이 고마울 따름
입니다.

못난 내 얼굴처럼 볼품 없지만 이렇게 매듭을 지을 수
있다는 게 흐뭇할 뿐입니다.

두근거리는 마음으로, 살아 있다는 흔적을 정리하며
이 것을 거울삼아 더 잘하기 위해 애쓰겠습니다.

두근거릴 悸

지은이 ｜ 김시양
펴낸이 ｜ 손상목
펴낸곳 ｜ 도서출판 인디북
편　집 ｜ 김연순 신선균 조혜민
기　획 ｜ 안승철
마케팅 ｜ 최영태 박현수 정현철
웹 기획전략 ｜ 박연조
관　리 ｜ 김봉환 길은자

초판 1쇄 인쇄 ｜ 2004. 9. 11
초판 1쇄 발행 ｜ 2004. 9. 17

등록일자 ｜ 2000.6.22
등록번호 ｜ 제10-1993호

주　소 ｜ 서울시 마포구 현석동 105-56 3층
전　화 ｜ 02-3273-6895,6　팩스 ｜ 02-3273-6897
홈페이지 ｜ www.indebook.com

ISBN 89-5856-029-0　03810
잘못 만들어진 책은 구입처나 본사에서 교환해 드립니다.